KB005580

마침내 그 노래

노두식 시집

첫 시집『크레파스로 그린 사랑』이후 모두 네 권의 시집을 펴냈습니다.

이 시집들이 내게 어떤 의미였는지는 아직도 잘 모르겠습니다.

시라는 형식을 빌려 내면을 성숙하게 표출하였는지도 여전한 의문으로 남아 있습니다.

무릇 과정은 시간과 더불어 성장이라는 것을 만듭니다. 내게 있어서 그러한 기대는 순문학에 의연히 닿고자 하는 희망에 다름 아닌 것입니다.

그리하여 나의 작업은 앞으로도 진실에의 추구 또는 내면세계의 순화 내지 반성이 될 것입니다.

시를 사랑하는 내 스스로가 언젠가 한 편의 좋은 시로 거듭나는 그런 날이 오기를 기대해 봅니다.

2016년 봄
노 두식

□ 차례

1

2

3

4

□ 해설

'기억'과 '사랑'의 힘으로 구축해 가는 '마음의 현상학' | 유성호

1

뒤돌아볼 때

앞에서 치대기는 서먹함 때문인지
마음이 갈래가 져서
가던 걸음을 멈춘다

뒤돌아보는 눈에
가득 담기는 텅 빈 길

한때는 그토록 풍요로웠으나
지금은 또 얼마나 가난한가

설움의 풀꽃들 지고
정겹던 환희의 도랑물도
포개진 과거의 갈피 속에 영영 스며 버렸다

서운함만 질펀하게 아스라한
버려진 길 위에서
마디 없는 시간들이 들메끈을 고쳐 매고 있을 때

멀찌막이 장승처럼 서서
뒤돌아보는 일

진눈에 젖은 마음을
마른 마음에 붙들어 매는 이 호젓한 일에도
나이가 넉넉히 들어 버렸다

발치 쪽으로는 한참을 가야 할
길 없는 길들
마음보다 더 가닥이 져 드러나 있는 길들이
허허롭게 무표정하기만 하고

나는 다시 고개를 되돌리지 못한 채
머뭇대며 허정개비마냥
풀 죽고 맥이 없다

꽃 하나가

달맞이꽃 노란 꽃잎이
서서히 벙글다 툭 터집니다
피곤한 저녁을 활짝 피어나게 하는 것은
저 소리 없는 개화의 힘입니다

모두들 살아 있습니다
누군가를 바라보며 알아차립니다
살아 있는 눈에 비치는 것은
꽃 하나의 용기입니다

벼랑 끝에 서서도
서로를 보고 있습니다
달맞이꽃처럼 피어나고
살아 있는 것들이 꽃이 되는 걸
바람 속에서 배웁니다

마음이 내주는 은신처는
넓고 비옥합니다

안다는 것은
사라지지 않는 지천의 꽃으로 피는 것입니다

거울

더러는 껍질만큼 정직한 것도 없어요
껍질도 익는 법이라서

어떤 이를 만나 그 앞에 서면
낯선 자신이 안팎으로 비추어 보일 때가 있어요

저 같은 사람의 거울이 되는 일

좋지요
마음의 뒷면에
수은이든 꽃물이든 고루 칠을 하고

그것도 나잇값만으로는 벌 수 없는
적지 않은 성취인 것임을
기쁘게 알아차리며

내 사랑의 반은

진작에 깨달아
내가 이 세상의 누벼진 한 올 한 끝으로서
그 끝을 이루는 수많은 실밥 같은 이들을 더불어 사랑
하는
그런 법을 알았더라면
그리하여 늦은 한 사람을 초신성의 현현처럼 기꺼워하며
외줄기로 벽계를 이루어 흘러 이르렀으되
설령 그것이 단 한 번의 목숨으로 꺼져
허기평심 주저앉았더라도
상심 없었으리

평생 온 사랑을 하며 산 줄 알았으나
내 사랑의 반은 첫사랑이었네

여우비

마이크로웨이브처럼 반사되는 체온이
안갯빛 소리로 심장을 덥힐 때
몸을 더듬는 손가락들이 일으키는
간지러운 회오리에 자지러지며
수선화 꽃잎을 씹던 하얀 치아 사이에
젖은 입술을 물리고
가슴의 언덕에서
비릿한 망상어의 먼 불빛 같은 색깔을 맛보려는
너는 나의 이파리 자욱한 시도였다

너는 울지 않고 떠나갔다

우리가 깔고 앉았던 불편한 초록빛 시간들은
여름까지만 계절을 살았다
호숫가를 집적거리는 물결에 업혀
섬세하나 불확실하게 오고감이 없는 듯
가을을 훔쳐보며 눈을 흐리던
너의 두 별은 신선한 속임수였다

그리고 가을이 와 버렸다

영혼 속에 박혀 있는 너의 맨살 자국 위로
플라시보의 여우비가 지나가고
씻겨 나간 게 무엇인지 메워진 게 무엇인지보다
다만 네가 울지 않아서

내게 너는
울음으로 이렇게 오래
헌데처럼 남아 있게 되었다

느리게 가는 시계

저러고 있은 지 꽤나 오래이다
다만 나태해진 건가 아니면
마음의 심연을 움켜잡고 지긋이 당기는
수리 발톱이라도

투정보다 더 느긋한
알 수 없는 힘이
노동을 비웃기나 하듯

어떤 이는 안도할지도 모르겠다
대저 현명한 자는 자신의 잣대에 익숙하고
그런 일로 야단맞지 않을
헐렁한 모호를 안다

여하튼 시간은 바늘이 가리키고
바늘은 알 수 없는 딴죽에 걸려들어
실로 희한하게 돌아가고 있다

맥 놓고 쫓아가 줄을 섰더니
따라지 같은 한 달이 얼추 지나간다

몽돌

만만하게 둥글어졌는데도

구르고 있구나

그 길 참 멀고도 멀다

나는 여태 각지게 여물지도 못했느니

헛똑똑이

위에서 내려다보니
알겠다 나무의 말
들리지 않아도
무엇을 보고 있는지

나무도
우리가 보는 걸 보고
듣는 걸 듣고 있다는 걸 알겠다

나무의 몸짓에 다 나와 있다
내려다보면
왜 나무는 눈도 귀도 입도
모두 속으로 갈무리해 놓고
저렇게 서 있기만 하는지

그걸 아는 데 참 오래 걸렸다

돌아오는 길에

공항에서 돌아오는 길
차창 밖으로 갯밭이 보인다

막 밀물이 드는 앙가슴에
하얀 갈매기

한번은 기약의 말을 해야 하고
기약할 수 없는 일보다 어쩌면 더욱 아름찬

헤어짐이란

짠물에 잠겨 흔적 없는 상처
갯고랑 아래로 한 움큼의 위안도 마련하지 못한 채
사람이 사람의 이름을 부르고
부르다가 돌아서면 갯밭은 다시 썰물 위에
검은 침묵으로 눕는 것

하늘 아래서

아무래도 밀물처럼 달아나고 썰물처럼 밀리는
혜량 없이 허한 일들 가운데

떠나보내고 돌아오는 일도
아득한 섬 하나를 돌아 나가는
어느 막다른 날을 위한 연습이어서

병폐

병이 들고 나서
어떻게 감염되었는지도 모르는 채 앓기 시작하면서
대조할 수도 없는 발열과 불면과 해괴한 꿈속에
도한盜汗으로 내복을 흠씬 적시다가
문득 깨어난 아침에 일갈하여 내어놓은 음절들은
방 한편에서 맥없이 표류하고
손과 발은 허당을 휘젓고 눕지도 걷지도 못하다가
공중부양하여 무당거미가 되기도 하고

보이는 것 들리는 것들은 물속에 잠긴 듯 암암하기만
한데
병들고 나서
내 정신과 육신만이 아니라
주변의 애먼 생명체들도 따라서 앓고 있다는 사실을
알았고
그 와중에도 확신할 수 있는 것은
나로 인해 그들이 무고로 발병했다는 것인데
나를 화풍병에 들게 한 무고한 누군가는 여태도
천지간에 소식조차 알 수 없었다

초록

음력 초어드레께의
다도해 밀물처럼 개벽이 온다

피어나는 초록만큼 비좁아질 공간
비어 있던 곳이 차오르니 그리움도 버릴 때이다

새 생명이라는 방점이 찍힐
겨우내 살아남았던 것들은
웅숭그림을 풀고 여린 손을 내민다

손만 내밀어도 연둣빛 개평을 얻는 계절
화해 같은 아지랑이가 감싸 안은 산자락 양지에
꽃잎으로 첫 눈을 뜨는 진달래 산수유는 덤인 것

마수걸이로 나는
겨우내 고를 내고 마디를 지어 놓았던
마른 매듭 하나를 팔았다

두물머리의 봄

청보랏빛 산하도 꽃빛으로 지워지네

젊음을 지우고 지우며
시드는 꽃들이여

두 강물이 흘러
예까지 오기도 전에
나의 봄이 다 가 버리고 말았네

끝내 못다 지울 내 청춘의 블루

얼굴

목구멍까지 차오르는 마른 손가락들
시방이란 발바닥
땀땀이 묵점墨點을 찍어 놓았던 가늘고 얕은 살금들

숫스러운 피와 뼈로 넘나들던
시퍼렇던 일들이 순이 죽어
무청 시래기처럼 매캐한 냄새만 피우는
홀로그램만도 못한 시간들은
어디로 가고 있는가

허둥거릴 여정만큼
셀 머리카락 눈썹
군살들이 얼기설기 뭉쳐 놓은
얼굴이란 것이 보인다

조그만 손거울 속에 들어앉은
저 해묵어 닳아빠진 현재

다리미질

오지랖의 주름을 펴면서
힘을 주어 꾹꾹 눌러 가면서
리넨과 면이 섞인 노란 색깔의 그날을 떠올린다

그때만 해도 마음의 주름을 눌러 줄
누군가의 뜨거움이 있어야 한다는 걸 몰랐었다

창틈으로 가랑비 듣는 소리가
먼빛으로 목어 치는 소리 같고
눈이 쫓는 허공엔 자꾸만 속이 식어 가는
얼음 같은 형상이 헛것인데

마음끼리 절묘한 이음매를 짓지 못하고
구석의 벤 듯한 주름 하나는 지금 무엇으로 펼 것인가
어딘가 은근히 닿을 곳을 갈구하는 그리움이
팔뚝의 푸른 핏줄로 드러난다

자유

새장 속의 카나리아

저 새가 내는 소리는
자유보다 더 자유롭다

나의 소리는
누군가가 새장 밖에
철추를 달아 매달아 놓았네

튤립 밭에서

말은
마주 보고 해야 해요

두 눈을 보고 말할 때 당신은
한 사람이지만
머릿속에 그리며 통화할 땐 수십 수천의 당신이 보여요
그 속에서 나의 그대를 찾기는 어려워요

천지에 가득한 당신
내게 사랑한다고 말하지 말아요
그걸 어떻게 믿겠어요

당신을 가까이 들여다보다가 가뭇없이 빠져 버리면
그때는 설령 거짓으로 말한다 해도
그걸 어떻게 믿지 않을 수 있겠어요

내가 어떤 이의 나무였을 때

오늘도 마주 보이는 나무

나무는 가만히 서 있고
마음이 좋는 대로
나무가 보인다

당신도 누군가에게 그렇게 보일 게다
눈은
보이려는 것보다
보려는 것을 더 잘 보니

내가 어떤 이의 나무였을 때 알았다
아무리 나의 자세로 서 있다 해도
다른 이가 보는
내가 따로 있었다는 것을

잠이 깨어

동해를 내려다보던 키 작은 소나무들이
안방 천장에서 구붓이 솟아 나온다
솔잎을 간지럽히는 다도해의 갯바람
잊고 있었던 시간들의 DNA가 솔 향에 섞여
이부자리 위에 함박눈으로 내린다
붉은 낙조 아래 어려 있던 먼 날의 유령들이
봉창을 적시는 물안개로 온다

살아 있던 것들이 산 것에 섞인다
어둠 속의 오늘이
다시 오지 않을 것들을 끌어모은다

와중에 더러 섞여 오는 빛살 한 움큼도
품 안에 재울 잠의 경계에 에둘러 서리다가
우물 속처럼 눈을 떴다 감는다

산 것들은 살아 있던 것들로 인해
산 것을 밝히고

살아 있던 것들은 산 것들을 이루어 다시 산다

소슬한 기억도 천 근의 무게를 얹는
끝내 깨닫기 힘든 저 목숨의 힘

슬픈 눈

불 꺼진 그 눈 속에

빠져 버렸네

사람의 바다

나는 무한으로 젖어 고요히 헤엄쳐 보네

민달팽이

너의 모서리를 흐려 놓고
나도 나의 부분을 지운다
네가 지워 놓은 내 가슴의 한 켜 두 켜
내가 흐려지고 지워져서 너를 닮고
너에게서 다시 희미해진 부분들을 모방하며

창연蒼然해진 소우주 둘
스미고 스미면서 달팽이 된다
가느다란 줄무늬 하나로 묶여
수채화 같은 민달팽이 된다
자웅을 섞은 연체동물 한 마리 된다

비로소 이제
혼자여도 좋다

꿈을 믿는다

신기루들이 잠을 깨운다
마치 명명한 색채로
꿈의 실존을 확인시키려는 듯이

무언가를 믿는다는 것은
참으로 여무는 일이겠으나
여백을 두른 밀실이기도 하다

어둠을 켜 놓고 홀로 벗고 또 벗을 때
속살을 문지르며 붉은 인주 같은 향이 지나가면
거기 은으로 만든 경첩 하나가 달린다

추억은 손길을 기다리지 않으면 안 된다
문을 여는 일은 꿈을 여는 일이며
꿈에는 투명한 손잡이가 달려 있다

지나고 나면 신기루 아닌 것이 무엇이랴
손 하나를 빌고자
잠 속으로 돌아가 다시 눈을 뜨고 싶은 밤이다

산책로에서

토닥여 놓았던 낙엽 같은 일들이
개나리 꽃잎 위에서
앵화나무 우듬지에서 재재거린다

질퍽한 숲길을 홀로 걸어갈 때
발바닥에 달라붙는 흙빛 회억回憶이 무게를 더하고

하늘을 쓸어 가는 바람은 스산한데
방향을 종잡을 수 없는 먼 딱따구리 소리가
이맘때 파종해 놓은 씨앗들을 기억나게 한다

몇 줌이나 뿌려 두었던
쭈그렁이 허실들

봄마다 피는 꽃들은 왜 위안을 닮지 않는 것일까

흘러내릴 듯
번져 있는 초상화 하나 눈꼬리에 붙어 있는 나날

두루뭉술

사방 모서리가 닳아
몸 밖을 더듬으면 두루뭉술한
차라리 이게 좋다
웬만한 충돌에도 쪽이 나지 않고
누가 안아도 원만하다

젓가락으로 뒤척여만 놓아도
감사한 한 끼니의 식사가 되던
셀 수 없이 담아 온 점과 선들이
이제는 비비고 몽치고 맺혀 두루뭉술하고
이 사소한 낡음들은
둥긋이 속까지 서로를 닮아
평지라도 좋이 구를 수 있다

부끄럽지 않게 할 수 있는 일을 아는 나이
그것들이 너그러움과 미소가 되어
꼿꼿했던 심지를 흔들리게 하고
흔들림이 오지랖 단추를 풀어헤치게 하는

적당히 눈길을 주어도 용서가 되는
질박한 헐렁이

새 가지의 애티 나는 가시도 평화롭지만
고목의 반질거리는 해묵음은
마무리 같은 안식이 아니고 더 무엇이겠는가

2

수수꽃다리

첫사랑의 맛이라고 해서
이파리 하나를 땄지
하트 모양의 호기심을 입 안에 넣으며
풋풋했던 마음은 곰상스럽게 상상을 했었어

꼭꼭 씹어 보던 그 쓰디쓴 맛

훗날에야 알게 되었지
오월의 수수꽃다리는
이파리마다 음음한 퍼런 멍을 앓다가
종내 보랏빛 향으로 앙가슴 비질하던
스무 살 내 아픔의 나무였다는 걸

목숨

손바닥만 한 참개구리 한 마리가
이십 센티미터도 안 되는 뱀에게 물렸습니다
겨우 뒷다리 발가락 마디 하나를 물고 있는
가느다란 뱀과 엎치락뒤치락하면서도
개구리는 하릴없이 끌려가고 있었습니다
가을로 접어드는 때라
두 놈 모두 허기를 채우고자 나왔던 모양새인데
어느 한쪽 편이라도 들어주어야 할 것 같았으나
헷갈려서 멀뚱히 바라만 보고 있었습니다

작은 마디 하나만 한 것이
목숨이었습니다

카카오톡

설레임은 꽃술이에요
하루에도 몇 번씩
당신이 마실 오실 때면
스치듯 치밀 듯 꽃대가 흔들려서
꽃분이 내립니다
무심코 옷자락에 묻혀 가신 꽃물일랑
떨어내지 마셔요
꽃향을 버무려 은밀히 빚어 놓았던
첫 마음의 음표이니까요

소래역에서

열차가 떠나가자 사방에 빈 틀이 걸렸다

선로 위를 흰나비 한 마리가 팔랑이며 끌고 가는
굴절된 파장막에 붙어 있는 추상의 실루엣
까마득한 길 끄트머리에
아무 쪽에서나 지워지고 있는 데칼코마니 얼굴과
느슨한 비밀들이 속 빈 자갈처럼 쉴 새 없이 비 내리는
베르메르의 고요
쇠바퀴가 긋던 비릿한 소리가
소용돌이치며 흩어 놓은 고루한 옛 자리의 프레스코도
보인다

저 지긋지긋한 사소함들

정오의 투명한 캔버스 위
상관된 것들의 일부가 무작위로 규정되고 있는
적막 속 소요

속살은 희다

굴참나무 껍질에는 해묵은 시간 속에서
낯가리고 내달렸을
갈라진 사연이 있었을 것이다
그렇지 않은가
누구라도 감출 수 없는 흔적들을 내보이고 살면서
침묵하다 귀가 먹든지 아니면
짓눌러 놓았던 시푸른 너울을
골 깊은 주름의 틈새로 눈 꼭 감고 흘려보낸 적이 있었
을 것
한 그루의 삶이 미추美醜를 거듭할 때
투박해지는 감각들을
잎이 무성하게 어루만져 주고
그 같은 위안이 나이테를 만드는 시각에
새치름히 배어 나오는 속살
속살의 하얀 정체성이 나무의 체온인 것
그 따뜻함 때문에 칼을 이기고
다시 불을 켜는 심지로
모든 생명의 아침이 그렇듯이

두레박

기억 속에 드리워진 이 기구를
조종할 수 없었네

한 삶의 우물을 채운 시간들이
길짐승과 다른 품새라서일까
두레박줄을 잡으면
손이 떨리지 않은 적이 한번도 없었지

담아내고 싶은 것은 따로 있었으나
평생토록 마음처럼 다룰 수 없었네

가을

물고야 말았다 입질만 하는 척하다가
열매들이 성화같이 여물어 가는 마당에서

봄빛에 꿰어 꽃 속으로 끌려 나왔던
지나간 날의 숨 다한 퍼덕임을
잔상으로 날리며

여름내 물어도 물리지 않던 미늘 없는 바늘의 멍한 촉
감에
저항 없이 밖으로 드러난 몸이 저어하는
초연初戀의 인장력引張力
노랗게 질린 우수가 사방 물을 튕기고

헐떡이던 기대는
꼬임처럼 휘다가
그대의 단풍만 펄펄 앓는다

자꾸만 몸을 떠나가는 초록 초록들

붉은 손바닥이 철 늦은 말풀 위에서 술렁이는
흐르는 저녁

지빵나무

돌아오던 날
낮은 자세로 지빵나무를 지나칠 적에
불콰한 지빵나무 옆에 눕고자
가늘고 긴 팡파르를 들으리

사랑이여
무릎을 꿇리는 향취여
이 흙 붉은 야산에서
바람의 날에 베어도
너의 기치가 무엇인 줄도 모르고
날개를 부러뜨리는 나는 바보다

바보라서
네게 엎어진 채 천 개의 숨구멍을 열어
신파조의 통속만 해가 지도록 맡아 보리

섬사람

노을 떠난 자리의 어둠을 마시면
몸이 어둑어둑해져서

갯내 나는 큰무리섬 사람들은
일찌감치 사랑하는 일을 가슴에 묻었다

모두들 말없이 자리에 들어
벽을 마주하고 누웠다

그냥 깜깜해지고 싶어 했다

멀리 있는 것

스모그 걷히고 북한산이 겨우 보인다
형제봉이 자욱하다

먼 것들은 아무리 커도 작다
간 곳 없는 것들의 크기는 단위를 매길 수도 없다
미망이란 그런 것

저곳에서 이곳까지
가로 누운 근시의 절벽에서

뜨는 해가 있어
우리의 삶이 가까스로 이어 가고

언젠가 네가 있었고 시방 내가 있다

속앓이

그 뭔 낯익은 향기가 오니
잠겨 있던 그리움이 또 일겠다
풀꽃들이 시무룩해지는 저녁
달도 별도 앓는
독한 아메바만이 깨울 수 있는 늘어진 오감
어디엔가
무엇이 있기는 한 것
그래서 기다림도 가슴속에서
얼어붙지 않은 채
핏빛으로 숨 쉬고 있었던 것
그러니 그런 것, 너
그렇고 그런 것들의 긴장된 유희로
나는 온통 삭신이 아프고
날마다 눈물 나게 아플 수밖에

해변가에서

모래 알갱이 위에 이름 하나만 올려도
파도는 소 떼처럼 쓸어 나가고
갈피가 얇아진 파란 시간이
바람에 떤다
먼 바다는 깊이를 모르는데
불러보는 이름마다 애먼 섬으로 솟고
수평선 위로 쭈뼛거리던 얼굴들이 다가와
발아래 하얗게 부서진다
건공을 나는 저 물새
너는 누구의 혼을 갈음하는가
오늘 여기에 홀로 서서 기다림은
한 영혼의 헛된 고갈됨이다

등대

당신을 향해 돌아서서
파도에 굽은 길을 꼿꼿이 펴고
눈 속에다 깊숙이 소원했던 당신을 심네

당신이 뿌리를 내리면
긴긴 항해는 더 이상 하지 않아도 되리

바다가 순한 손으로 지그시 등을 밀어 주니
노 없이도 그곳에 쉬이 닿겠네
방황의 돛은 이제 후회 없이 접어도 되겠네
그래도 되겠네

치우침에 대하여

초신성의 빛처럼
그대의 눈동자가 빛날 때
나는 정지된 시간 속을 걷는다

낡아 버린 심장을 비집고 싹터 나온
그대의 눈빛이 불러온 잊었던 나라
어둠이 누르고 있던
부싯깃들의 발화

만화경 같은 꽃불들
그 빛들이 바로 별이었다고 노래하면
그대가 설령 슬퍼하더라도
지나간 이름들은
언제라도 다시 빛날 수 있는 것

시방 그대가 나를 비추니
그대 눈동자 속의 새 별을 꺼내 증명하리
맑고 빛나는 치우침에 대하여

만약 그것이 무심코 흘려버릴
강샘의 눈물이 아니라면

바랭이

텃밭의 바랭이를
배게 나 있는 묵은 마음을
솎아 내다가
바랭이 뿌리는 쑥갓보다 모질어야 하는지

팽나무에 기생하는 겨우살이처럼
그는 결백하고
나는 침묵의 저항을 알지
은근한 힘의 축적을 무시하지 않지

대오리 같은 꽃이삭에 옹숭히 모여 피는
작은 꽃들이 몸을 사리고
살다 살다 그런 줄만 알고 사는 이치가
뜯겨 나가는 줄기들 그 원죄와 더불어
한 뼘이라도 귀원하고자 울고불고하는
솎인 것들 속에 섞이고 마는

상처는 소중하고

그래도 처음 붙들었던 것에 혼신을 다해 매달려 보던
그도 한때

철이 지나면서 너나없이 소박해지던 마음이
간혹 바랭이보다 먼저 숨이고 한데 섞여도
세상은 아무 일도 없었던 것처럼 등을 돌린 채
수맥을 열고
어린 싹 하나를 몰래 틔워 놓지

그곳

아무 약속 없이도 서로 만나고
만나서 인사를 나누고
사랑하며 머물렀던
그 자리에 다시 우리를 세우는
까마득한 그곳이
내 안에 있었네

세상의 제일 먼 곳이 그처럼 가까이 있었네

그러나 이곳에서 시간은 멈춘 채
다만 잊힐 수 없는 기억으로 존재할 뿐
다 갖춘다 해도 아무것도 얻을 수 없는

꿈은
깰 수밖에 없어서
꿈같다고 하는 말이 떠도는

쏠림

파도처럼 일어서는 것이
신선한가 하는 문제는 숙제이다

몰려 있는 눈으로도 곧은길을 가는
사는 일 가운데의 낯선 사변이
도다리에게는 별난 일이 아닌 것처럼
쏠림을 이기기 위하여
저인망을 끄는 마음도 사람의 꼬잘스러운 일인 것만은
아니다

그러니 세우는 것을 탓하랴
눈은 느려서 따라갈 수 없고
마음은 급하여 정지하기 어렵다
자갈밭을 맨 무릎으로 긴다 해도
진실이 함수 y가 되는 게 맞다면

제비꽃

지금 만상萬象이 당신 것입니다
당신을 위한 자유
당신의 무소불위가 보장되는 이곳

당신이 나의 가슴속에 채워 넣으시는 건
당신이며
또한 내가 됩니다

그러나 아시나요
저 무량욕계에 들어서면
당신으로 내가 되는 일은
오직 당신의 보랏빛 신神만이 할 수 있다는 것을

꽃구경

어스레한 저녁 무렵 벗나무 꽃길을 따라 걷는다
담홍색 꽃잎을 밟으며
사람들이 어깨를 스친다

하늘을 가린 꽃들의 자태는 단호하고
만개한 꽃나무 위로 연인들은 선한 시선을 올려놓는다

아무도 꽃에 드리우는 그늘에 대해선 아랑곳 않고
제가끔 날리는 꽃잎을 희희낙락 맞이한다

훗날에도
나뭇가지 위에는
저들의 눈빛과 웃음과 약속들이 꽃말처럼 남아 있을지

이 길에 홀로 되어
오늘을 그려 다시 찾아올 사람은
그 누구

명정

등대는 눈을 뜬 채 선잠이 들고
게을러진 파도는 방파제 맨가슴을 누르고 앉았다
갯강구 바위틈을 비집는 하반의 한낮
수평선 위에 떠 있는 캔버스
허물어지는 얼굴 하나 게슴츠레 놓인다

존재하는 것들은 마음이 따라야 비로소 거기에 있다

상상은
사금파리처럼 깨지기 쉽다

빛깔들이 붓 끝에서 무디게 사라지는 찰나
글썽이던 이름은
먼 물떼새 부리에 걸리적대고
바람이 졸음을 옮기듯 녹아서 구부러지듯
취기야말로 지금 희화된 유희라고나 할까

아침과 꽃과

나는 부정하지 않았어요
태양이 뜨고 지는 건 오랫동안 상관 않던 일
꽃봉오리들이 숨어서
천식을 앓을 때도 그냥 모른 척했어요
아침마다 피어나는 세상과 만나지만
그때마다 나는 은신처를 벗어납니다
꽃들에 앞서 하루가 벙그는 사이
이슬 맺힌 숨을 고르며
초록의 눈빛을 궁굴리며
먼저 피어나지 않도록 주의도 합니다
어느 곳에나 지켜야 할 순서가 있잖아요
나를 버려두세요
신중해야 하거든요
시간의 문은 갓 구워 낸 빵 냄새와
주검의 자세랍니다
내 떨리는 손끝이
새 아침의 살결에만 닿지 않게 해 주세요

피아노

살과 뼈를 내보이며 기다리는 너

꿈과 현실로 빚은 손가락들을 겨누어
나는 벌거벗은 채 너의 심연으로 다가간다

너는 노래할 것이다
네 음양의 동체를 울려
내 삶의 주법으로

살아 있는 유령처럼
여명과 같은 음색으로
지칠 때까지

크레바스

빙하 위에서
오래된 나무는 상한 잎을 버리고
가지를 챙겼다

어머니는 사뭇 곧은 줄기로 서 계셨다

드디어 완곡하게 나뭇가지로 돌아선 아내
눈빛이 환한 나무가 입 다문 나무들 속으로 자리를 옮
기고
얼음 기둥 사이사이로 현수교 같은 계절이 지워지고
있었다

이편과 저편이 천 길 크레바스로 벌어지고 있었다

큰 소리로 서로의 이름을 불러 주는 소리가 들려왔다

3

홀로

먼저 떠나는 것들이여
나의 주변일랑 지우지 마라

때가 되면 스스로 떠나려 하느니

철새가 짐을 꾸리지 않듯이
내 삶도 홀로 그렇게 떠나려 하느니

아무리 여정이 멀다 해도

치자꽃

그대만큼
나를 희게 만든 이는 없었다
언젠가 내면에서
순백을 자아냄으로 하여
종교 같은 고치는 나에게서 사라져 버렸다

푸른 기억을 휘감은 향기가
사금파리처럼 앙가슴을 오린다

궁극의 내 알갱이는 노랗게 변신하고
그대는 물들지 않는다, 아아

이 마당에 선 채로
스스로를 참수하여
흙 속에 아무렇게나 묻는 것은 오직
물리칠 수 없는 본연과
사람의 거리와
변색된 부끄러움 때문만은 아니다

다만 잠기기 위해

가을 숲에 내 사랑
붉은 낙엽이 내리고
진눈깨비 물 마른 둔치에 슬픔 내리듯
떠돌던 소문들은 샛강에 해 저물어 내린다
한 생애 바지런하던 목숨도
어느 날 저처럼 내려서

놓인다
놓인다는 것은 잠기는 것
제가끔 지녔던 세상의 몫이
침묵으로 묻히는 꿈

젖고 물들어 떠돌다 우리는
하마 낯설어 아득해진 몸
다만 놓이기 위해
낮은 곳으로 하염없이 지금도
내리고 있는 것이다

오래된 신발

그래도 하얗도록 둘이서 사는 일은 하마 체념 같은
닳고 닳을수록 닮는 서로를 위로도 없이
알 듯 모를 듯 마주 보며 바래 가는 시간들을
남의 일처럼 눈꺼풀 위에 올려놓고
훗날 다 해져 마땅치 않을 때
가지런히 모호해지는 와해
묵묵한 그 부끄럼 없는 남루

모래시계

낮은 곳에 한 자락의 눈이 남아 있다
가슴을 치던 초설의 환희는 밀랍처럼
녹아 버린 지 오래

다 해지고 기울어진
남루를 둘러쓴 형상이
벌판에 서서 쭈그러들고 있다
범접할 수 없는 이웃들을 두고
잿빛의 무릎만 가늘게 떨리고 있다

앞 봉당 멍석 위에 널어놓았던
회귀의 생채기는 굳어 가고
말라빠진 빛의 뿌리를 떠안은 채
헛된 명제처럼
기억은 머릿속에서 뒤섞이며 부서진다

아득한 것들이 곤두섰다가 쏟아져 내린다
절제된 통과

아우성이 깔리는 음한
다시 숨 막히는 그곳

신기루

어둠이 내릴 때마다
창가로 달려가
너의 전체를 부르고 싶었다
네가 뚜렷이 보일수록
나는 어둠 속에 더 깊숙이 묻히겠지만

속삭임도 벌새처럼 날아
까르르 웃는 편액이 되어 눈앞에 걸리던 시절엔
사방의 흙벽도 아름다운 문장이었다

잠베지 강의 투라코인 양
핑크록 모양의 캐플린을 쓰고 사뿐히 걸어 나오는
너의 벗은 발 아래서는 초록 풀들이 돋고
나는 맑은 샘이 되어 고이고
도시의 밤은 풋내 자욱한
아프리카의 정원이 되었었지

아, 기어이 곡두를 보고 만 것인가

내가 서 있는 이곳은 시베리아의 눈보라
기린처럼 목을 늘여 놓고 서서
까맣게 앞서가는 마음의 등을 떼밀며
자꾸만 뒷심이 켜는 언 몸이 야위고 희미해져 간다

창은 사라진 지 오래이고
환해지는 건 오로지 바람 소리뿐

간절하다

종일 말을 하고 살다 보면

말이 골짜기를 넘고 구릉을 지나
황량한 늪을 건너가는 모습을 본다
균형추 떨어진 듯 비틀거리며 가다가
고꾸라지는 말들

어쩌다 마냥 듣고만 있으면
산곡이 미어지며 탁한 물이 고이는데
말은 그 속에서 허우적대며 까불다가
어지간히 썩은 채로 기어 나온다

무색 선지宣紙를 골라 차라리
입과 귀를 덮어 놓으며

어디 산수화 같은
소리 없어 정淨한
그런 깨지 않을 꿈같은 마을이 있어

말없이 말 없는 말 알아주는 귀한 이 만날까
행여 온 눈으로 둘러보는 간절

그믐의 달

밤하늘
검은 바탕에 부은 입술 하나가 보인다

초승에 하얗게 웃던 입술

울다가도 웃을 일을 웃는 우리는
두 개의 입술을 가진 모순

샛별의 곁눈질을 밟아 놓고
몸의 소리 다 버리고 그가 돌아선 새벽에

모르는 체하면서도 뒷모습을 쫓던
그 입술이 시방 퍼렇게 떠올라서
향기로운 포육처럼 씰룩이고 있다

어쩔 수 없을 때

맞지 아니한가
평행선도 먼 곳에서는 서로 만난다

제주도 노형동 치받이길을
누가 내리막이라 하는가
보이는 대로
눈을 믿자

정사각형이 찌그러진 마름모꼴로 보이지 않는다면
그건 올바른 눈이 아닐 게다
사람 사는 일이 다 그렇다

믿으면 진실이 되는 이 편한 진리가
못마땅한 우리

그러니 아무래도 눈이 마음에 들지 않는다면
그건 어쩔 수 없지
검은 유리구슬을
대신 박아 놓을 수밖에

꽃 지고 나니

기다리고 기다려도
꽃 진 자리에
꽃은 다시 피지 않았다

너와 나 사이를 잇는
정적만 버성기게 팔랑댔다

꽃대마저 지고 나면
울렁거리던 첫 순간도
뽀얗게 헹궈 놓았던 끝 마음도
흔적 없이 져 버리는 것이었다

멍한 허공
둥싯 떠올라 흩는 오래된 향기에
너 나 모두 몽롱하기만 했다

설법

거미처럼 자아내는
입 속의 길

시루 속에서 숙성시켜 고루 삭힌
길

만반의 소화력으로 얻은
그 갈무리된 선명함을
나 파충류의 실눈 뜨고 찬찬히 보겠네

투명

빗줄기 끝에 달린 존재의 맑음이여
지상의 드러난 것에 부딪쳐 산산이 부서짐
그것도 이를테면 옥쇄로구나
무릇 부서지는 것에서 한 소리 없을까마는
몸 내리는 곳의 소리들과
알알이 모여 천공으로 올라 화성을 이루는 그대
비로소 비다워진다

—비는 스스로 소리를 규정하지 않는다

부서질 때 생겨날 소리
천기도를 펼쳐 놓고 거기 내릴
이 한 몸의 맑음을 건성으로 생각해 보다가
쓴웃음이나 지어야 할지

가뭄 끝에 내리는 비라면
먼지내 나는 소리로 혼자 들을 것

소리의 천차만별이
좋은 비가 되기를 기다리며 간구하는
오직 한 가지
그게 어디에 부딪더라도
부끄럼 없는 화음이 될 투명

그루터기

살아서
한번은 한번은 한번쯤은
이 의식 속에 누워
죽은 몸을 말리는
깨끗함에 치우쳐 봤으면

11월

열매 하나를 빌어
고갱이처럼 들어앉았거나

초록이 욱은 살에 올차던 향기도 시들어
먼 시간의 일들이 마른기침으로 지나가는 어느 오후에
잠시 혼이라도 쫓아가 흔들려 보거나

슴벅이고 있는 기슭에
켜지는 기억들이 여위기를 기다려
가슴에 출렁대는 벽화도
그림자 유희도 마저 다 지워 버리든가

이 가을엔 어디로도 떠나지 말아야 해

숲속 영면에 든 오래된 층층나무에
졸음만 한 무게로 매달려서

사랑 사설

나이를 헤아려 보는 일이
대차대조표를 펼쳐 놓고
자산의 증감을 따지는 것이라면
지금 이 시점에서
부채를 손해라 하거나
자본이 까졌다고 하는 말이
돈의 얘기만은 아니지요

대뇌피질의 이성이나
뇌변연계의 공감이
화수분 같은 자산임을 모르고는

그래그래 공감을 돕는 이성이라
자산의 증가
부채의 탕감
그건 차곡차곡 사랑 사설이지요

누군가에게 일러 주세요

머릿속 하얗게 바랜 숙맥에게도
치부할 시간은 많다고
밑지지 않는 장사 독점 한번 해 보라고
밑천 한 푼 안 든다고

가을의 작업

땅 위에서 부르지 못할 이름으로
침묵은 훗날에도 두 손을 모을 것이다

배경이 언제나의 낡음 그대로
네 귀퉁이를 붙들고 있으매
탄생하는 일은 예와 다름없이 가야 할 것들을
보내고 있다

곳곳에 흙내 나는 신들의 손끝과 젖은 채찍들
새 날은 고요를 내리고
슬픔은 허술해지고
땀내와 굳은살은 또 한 차례
껍질 속의 겨울을 장만한다

중계근린공원

초승달이 반쯤 깨어져 있다
푸른 띠 하나가 뺨을 스치며 흘러내린다
시간은 허공 속에서 진동을 이루고
그녀의 흰 뼈 같은 소리에는 실금이 간다

파문이 그려진
보자기 하나를 출렁 펼쳐 놓는다
밤이 깊어 갈수록 하늘에서 툭툭 내리는 조각
표면마다 번득이는
목이 긴 해오라기 떼

마음을 켜면

어둠을 밝히는 데 마음만 한 것이 있으랴
장치를 켜면 어디에나
그림자조차 없는 밝음이 온다

마음을 만드는 데 사랑만 한 게 또 있을까
사랑을 하다가 뼛속까지 감아드는 절절한 철책도
심지를 태울 자양분의 가두리인 것

사랑은
오직 타오르는 것만으로
마음을 켜서
위로 위로 높다랗게 올려놓는다

다만 한 가지

잃으면 얻는다니
흘는 구름을 봐 우렛소리 좀 들어 봐
소원하던 것 지우는 감각들
태식으로 들썩이던 단전도 지쳐
가슴께까지 숨 차오르고
어머니의 기척은 낮달로
변화마저 종내에는 잃음인 것
병이로구나
무엇을 기다리는 건지
암소처럼 되새김하여 게워 낸 들
그냥 닮은 것들을 어이하리

지금 이 순간까지도
머리 숙여 잃고 있었으나
얻느니 무수한 도플갱어뿐
신불神佛을 빌 수 있다면
한 가지
다만 나를 잃어
저 욕망마저 버리고녀

모자이크

때에 절은 누더기들을 떼어 내 보면
아직도 선명한 밑그림
그 애벌갈이 꿈들

색깔만 참하면 그림이 다 되는 줄 알았는데
종잇조각 하나 붙이는 일이
그리 호락호락하지만은 않았다는 걸
뒤늦게야 깨닫는다

후일
어쩌면 삶에 있어서 완성이란
초심을 돌아보는 절실함이 아닐까

아, 아무거나 백지 위에 그릴 수 있었던
그때가 지금이라면

다 지난 일이지만

두 번째로 펴야 하는 무릎을 펴며

후회는 없어요
이도 음의 저음부
좀 더 식은 한 그릇의 국밥이나
꼴 닮은 예비품이면 또 어떤가요

그래도
어느 따뜻함 속에서는
첫째이고 싶은 때가 있었지요
해돋이 텃밭에 애갈이하는 쪽빛 호미로
붉은 망울 매달 새 봄의 꽃대로

봄비

가슴에 이랑을 짓고
너를 맞으면
연둣빛 싹이 틀까
지상의 촉감을 가진
스무 살 꽃망울 다시 벙글까

하늘의 바람이 빗장을 풀어
갈무리했던 것들을 눈앞에 내어놓는
봄은 보고팠던 것 보이는 계절

다만 한 가지만은

변덕

오늘은 칸트를 내려놓고
데카르트를 업어 주는 날
나는 의심이란 말을 떠올린다
의심은 왼손에 붙어 있는 손가락들

내일은 다시 칸트를 업을 것이고
나는 절제를 배우며 가난해질 것이다
내가 가진 숫자를 줄이고 나서
그만큼만 신을 기쁘게 해 드리리

모레의 일은 어찌 알 도리가 없으니
혹 베르그송이나 안아 볼까나
과거의 변덕에 시간이나 두툼히 입혀

4

단추

옷 하나를 다 지어 간다
단추를 달기 전에
너를 불러 본다

네 속에 익숙지 못했던
내게 낯설지 않은 것은 살갗의 온기뿐

가랑잎 듣는 밤
윗도리 하나를 지은 것은
그런 진정을 가늠했기 때문이다

이 옷은 이를테면 나의 순수이며
너에의 소박한 돌진인 것이다

이렇게 말하면 너는 언제나처럼 웃겠지
하얀 이를 가지런히 드러내며
가 버린 시간
길들이지 못한 우리의 관계에 대하여

100

그럴 때면 난 아주 은밀한 별빛으로 네 웃음소리에 스며들어
바늘 끝처럼
너와 다시 또 눈을 맞추고 싶어지는 것이다

너의 가슴을 옷 속에 채워 넣고
네가 허락하는 아침을 위해 그 웃음으로
마지막 단추를 달고 싶어지는 것이다

그러나 여름이여
지금 너는 어디에서 나를 보느냐

지나고 보니

고비 하나 넘는 그게 일이라서
작은 산언덕 하나도 숨가빴었지
힘 좋던 시절 다 보내고
넘어야 할 한 고비를 위해
나뭇잎이 핏대 세워 불그레하게 힘을 쓸 때
나뭇가지들이 아무렇지도 않게 저들을 뿌리치는 게 보
이는가
덩달아 쓸쓸한 삶의 것들이 겉눈 속에 스며들어와
차디차게 가슴을 딛고 뒤통수를 어르면
악물어 고비 하나쯤 넘어갈 수는 있었으나
마른 나뭇잎들이 가을을 묻기 시작하면서
한 해는 어물쩍 얄팍해지고
묵은 옷솜에 좀벌레처럼 들어 숨죽여 갈구하는
색깔보다 음률
시선보다는 몸짓 같은 사람의 단풍이 그때는
어쩌면 그다지도 희망 같은 안간힘이었던지

고욤나무

부러지는 나뭇가지를
검붉은 고욤이 다닥다닥 붙들고 있다

검은 완장을 차고
나는 먼저 뛰어내린다

종내 새 그루터기에 그분 깃드시고

할미새 한 마리
호수면 위로 희뜩하게 빛나는 뜻으로

품마다 흙이 되는 하염없음이
가을을 지핀다
어린 식구들의 자장가로
맑게 씻기는 몸
흘러오는 바람 까마득하신
원래 달고도 떫으셨던
내가 한 부분일 수 있었던
황송했던 빈자리

백일홍

늦은 꽃들 사이로
너의 좁은 어깨가 염염했지
색 바랜 꽃잎 속 꽃술들은
눈물 같은 손을 흔들고 있었지

소슬한 기억들을 등에 업은 채
여름이 휑하니 앞서 나가고
물들다 만 단풍
잎새마다 맺힌 거울 위로
파란 언어들이 뚝뚝 떨어지고 있었지

언젠가의 기다림은
가슴에 묻은 꽃씨만 한 희망이었지

계절이 한 바퀴 돌아와 백일홍이 피어도
백일홍 꽃이 다시 피어도
다 자란 꽃대궁 위로 반가운 눈을 뜨지 못하고
멀찍이 솟대마냥 서 있어야만 했지

풍선

오직 떠오르는
네게 가슴을 개방하고자
차 있던 것들을 한숨처럼 썰게 해도
너는 일부를 밖에 남긴 채 나를 온전히 채우지 않는다,
두려움인 양 거만인 양
그것은 긍정이지만 자유이기도 한 때문일까
나의 질량은 너에게 낯선 어둠이고
너는 들썩이는 나의 대낮을 이해할 도리가 없다
내가 닿아 있는 이곳에 쌓을 수만 있다면
너의 전부로 가슴을 메울 수 있다면
맨드라미꽃처럼 구겨진 채
향기 바랜 피를 쏟아내다 쓰러져도
끝내 못한 말 씨앗마다 알알이 두고
너를 내 영토 가득히 내릴 수 있을 것만 같았다
내가 그토록 스스로를 갈망하는 일이
삶과 회한의 중력을 거스른다는 건 몰랐다 해도

엄동

네 손짓 하나만으로도 달려갔다만

나 혼신을 다해 외쳐 불러도

봄아

넌 대답조차 없느냐

한 권의 책

가슴에 수은광산
기립해 있는 경면주사 사이로
하얀 시내
백금보다 더 침묵하고자 하는 깊이
무작위가 보물이 되는
꾸밈이 죄였던 그 페이지들

목차도 없이 파헤쳐 놓아
맥이 따르지 않는
사출되는 정수들의 에필로그
맨 뒤쪽의 장기를 중독시키고
달이 태양을 낳을 때까지 고정되어 있던
캄캄한 냄새가 나는 궁휼의 역사

광부는 제본된 광물 속에 빠져
흐느끼는 화석이 되어 가고 있었다

향수

이제 와서 그리워하는 것은
아무러니 그리워해 보지 못했던 것들

흰 구름 속 푸른 물방울이
고로쇠 잎맥까지 내놓은 비밀의 길
그 길 따라 흐르던
어릴 적 노랫말 없던 노래 같은

다시 처음

고치를 나온 나방이는
다시 고치로 돌아가지 않는다

그런 해탈은
접고

이 산적한 시공
다 버리고
마음의 처음을 이룰 그곳으로 돌아가는
다만 그 같은 해탈이고저

새

손을 휘저어 내몰아도
낟알 주변에서 선뜻 비켜나지 않는다
두렵지 않아서가 아니라지

허기虛飢야
떠나지 못하고 자꾸 뒤돌아 눈을 주는 세상의 밥그릇
거기 담긴 네 삶의 가난한 비빔밥
쫓기면서도 나아가지 못하고
뒷전으로 꼴리는 부리 끝의 갈증
공복이 간구하는 한 그릇 숙명의 나물밥을
소반 위의 젓가락들이
먼 산등성이 시간처럼 뒤섞고 있는 까닭을

너는 알고 있지
추수 끝낸 들판이
시장했던 색깔들로 질펀함에
물끄러미 되돌리는 시선으로

머나먼 시간들이 흘러오고 흘러간다
가난은 배고픔이 아닌 비어 가는 것
기억들이 빠져나간 쭉정이의 추억

거미줄처럼 펼쳐지는
소리 없는 날갯짓에 붙들린 정오
사발가웃 졸음이 담기기 시작하는데
서늘한 숟가락 하나가
논두렁 앞이마를 탁하고 친다

어지러이 날아오르는 새 그림자

날마다

빗장 하나를 벗긴다
새날의 시작
언제나처럼 장대 하나를 들어 손끝에 세운다
오늘도 시선을 한끝에 고정시키고
부지런히 움직여야 한다, 중심을 잡아 가며

시간과 일이라는 게 그렇다고
날마다 다짐을 하지만
젖기 쉬운 발아래는 예외 없이 어둡고 낯설었다
머리보다 몸이 더듬이질을 하게 하는
나이는 늘 시간을 앞서갔으므로

하루가 다하여 장대 끝 초점의 정합이
다행에다 방점을 찍으면
온종일 지켜보고 있던 태양은 느긋하게 지고
비로소 장대는 허공을 내려와
푹신한 베개가 된다

밤이 깊어 오고
빗장을 되지르고
달떴던 다리를 가지런히 하고 누울 때
옆으로 다가와 눕는 잠시 잊었던 그리움

안도의 불빛으로 주름의 계곡을 밝혀
아침이 편편하게 다시 올 것을 꿈에라도 빌어 보는
그만큼이 나의 하루치 행복이었다

그것

빛이 내려와
닿는 곳을 혀끝으로 쓰윽 핥고 간다
은사시나무 잎새 위에 단물이 든다
색깔이 드러나서 삽시에 반짝인다
시선이 순간을 낚아챈다
시방 행복하다

시공을 넘어 오가며
기다림도 강제도 없고 무리 짓는 법도 없이
날카롭지도 둔하지도 않은
단 한 번도 같은 표정을 짓지 않는
순간들은 섭리이다

뜻하지 않게 다가온 파장이 서두름 없이 무한의 힘으로
그러나 가장 느슨하게 조여 가며 찰나를 동화시킨다
언어로 물들이기 어려운 관능적 날염

가슴을 관통하고 금방 퇴색하는

깊고도 아름다운 상처는 흔적이 아닌 메아리로 남는다
번개가 지나가고 나면
주변은 다시 가지런해지고 더는 서로
아무런 약속도 짓지 못한다

도처에서 발현하고 영원히 종적이 묘한 그것
사랑이라는 가분수의 분모이며
수유간의 충격인 그것은
아침마다 태양빛에 묻어
어딘가에서 청맹과니의 시선을 고르고 있을 게다

제자리

내가 가고 있는 곳으로 누군가 함께 갈 수는 있다 해도
그가 내게로 올 때
나는 그냥 홀로 기다려야 했다

그에게 오는 이는 내가 아닐 수도 있고
그에게 가는 이는 내 자신일 까닭에
오는 이에게의 나는 그에게 가는 나일 수만은 없는 일
이다

—가고 오는 일에도 범절이 있어서

그를 처음 본 날
나는 곁을 지우고 외로이 나무처럼 서 있었다
기다림이란 그런 것
햇살에 섞여 살바람이 지나가고
가만히 가쁜 숨결은
예쁜 벌레가 되어 주위를 어지러이 날았었다

아직도 나는 꼿꼿이 선 채로
점점 더 나무가 되어 가는지
이끼가 돋고 수피가 두터워지고 가짓수도 더러 늘어났다
이제는 그에게로 가고자 하는 꿈만 꾸게 되었지만
지나간 시간들은 어린잎이 필 때마다
여전히 설레는 제자리였다

달밤

그게 그 마음인가

내일이면 보름
달 밝은데
누구의 것인지
피다 만 꽃봉오리에 시든 눈물이 맺혀 있다

나도 한때 피우지 못한 꽃봉오리 하나 들고
달빛이 기웃거리는 울 한쪽에 쪼그리고 앉아
하염없었던 적이 있었다

낯선 꽃봉오리에 고루한 마음을 가지런히 하는 것이
먼 지평선 같은 위안 때문인지도 모르겠다만
그게 벌써 언제 적 일이냐

계절도 잊은 지 오래인데 달이 오늘
착하게 밤을 밝히고 있다

내일은 또 보름이라서
옛 꿈에라도 숨이 붙어 있다면
접었던 사랑 펼쳐
어둠 속에 따스운 가슴 가만히 겹쳐 보겠다

아니면 활짝 피어난 것들 흉이나 실컷 보든지

겨울 화채봉 아래 서서

무량한 침묵을 지고 있는 솟음
순백한 징벌의 배경으로 새파란 하늘이 내리는데
올려다보는 교차점에
벌어진 유년의 입이 얼어 있다

다시 한 번이라는 게 있어서

나는 지금 골짜기에 묻었던 몸을 일으켜
저 무게를 홀로 받으려 한다
빙결을 견뎌 가며 입술을 풀어
얼음빛 후렴을 데우려 한다

아니면
음률을 땅 위에 쏟아 묵은 나무가 되리
휘어진 둥근 자세로
붙들고 있었던 가슴속의 온기를 놓아 버리고
검어지도록 참회하며
바위처럼 고독을 바라보리라

겹허를 끌어올려 주름들을 드러내고
그곳에 버릴 형체를 어루만질 때
눈 녹은 물
마음이 퍼더버리면
무슨 연유로 말이라는 걸 남기려 하겠는가

시간의 색깔은 따로 정하는 것이 있는 법이라니
기억도 사람도 여전히 푸르른 것을
그러니 숨기려야 숨길 수 없네

불면

여하튼 불빛은 멀어서 오히려 명징해지고
기별은 오랫동안 뜸해 더욱 살가운 법인가
자세히 들여다볼수록 보이는 것들이 물릴 때
마음과 시선을 몸으로부터 떼어 내면
신선해지는 거리감이라니

나는 그런 사랑을 보냈다
무엇이 시켜서라기보다는 바람에 까불리듯
그게 그렇게 가 버렸지만
가슴을 다독이며 어둠이 들고
끝 간 데 없는 미련은 그다지도 찬란한 것이었다

태풍이 지나가고
강물도 잦아들어 피어나는 도시의 꽃불들이
강바닥에 닿을 때까지
아무런 언약도 없이 밤이 오고
나는 기이한 향수에 저려 오는 몸을 눕혀
둥그렇게 부푼 돛배 하나
새로이 희망해 보는 것이었다

편차

갤러리에서 춘화 몇 점을 보다가
무엇이 돌이고
황금인지 알겠다

나의 눈
나의 몸

나이가 강제하는 편차

때로는 그 정직한 인식이

섧다

뼈

먼지가 발부리를 흐리고
흙내음이 지워 가는 산길
갈참나무 잎에 늘어지는 노곤
하얀 태양
마음이 가물 때
길 위에 주저앉은 바람
풀죽은 미루나무 잎새처럼 비껴 내리는 시간들
손가락 사이로 증발하는 개울물 소리
가뢰 한 마리 휴지 풀리듯 앞서고
까맣게 어디론가 기어가고 있는 개미들

내 가뭄의 기억 속에서
흰 고무신이 지고 가는 정경에
질펀한 물기라고는 찾아볼 수 없었다

시방 내 몸은 사유의 물에 잠겨 있다

그때는 한 모금의 물로도

촉촉했을 것이었다

흰 옷 입은 어른들이 내내 마른 들판에서
뼛속까지 그을리다 쓰러진 후
달빛을 뒤집어쓰고 살에서 비어져 나온
뼈를 빌려 태어난 것은 우물이 되었다

한 쪽박 지혜의 물을 떠 마시기까지
수십 년의 깊이로

동정을 구하다

물방울처럼 매달려
조금씩 증발하던 소매 끝 사랑의 언어가
입술을 훔치자마자
봄날 노루귀꽃 피듯 슬쩍 자태를 보인다

휘파람을 불면 피어올라
무지개 묶음 가득한 하늘가를 흐르다가
한 필 하얀 옥양목으로 옹달진 곳을 가려 주는
형상 하나

기다림이란 무엇인가
두 번의 호응과 다섯 개의 연결 고리
나침반을 찾아서
세상의 끝 같은 말들일랑 다 지우고 싶다

초록 풀빛, 연꽃의 향기가
언제부터인가 더 이상의 노래가 아니고
성대에는 녹슨 걸쇠가 걸려

뜨거운 고백들이 심장에서 먼 곳으로 밀려나
열정은 팬터마임으로
입술만 달린 거푸집으로 달아났어도

수줍지만 단호하게 발성하기 위해
이 소박한 실러블에 더운 피를 쏟고
세상의 선량함들에게서 한 가지씩 동정을 구하리
그리고 가을을 맞으리라
사람의 계절을
맨발로 밟고 서서

갈

홍조를 몰아 하냥 회오리 지듯 마음이 날아오르더니
무언가에 허수히 식어 버린 흥이
안개비로 흘러내리는 어둠 속에
웃음 띤 얼굴 하나 늦가을 해거름인 양 설핏하다 사라
지고
따라가 덩달아 치키던 양 입술 끝을
끌어 내리는 투명한 무게가 겹구나
고독이 식을 때까지 술에 취하고
투정에 쫓겨 날이 새고
볼 위로 칼끝이 되어 내리는 그대
가슴속까지 닿아
언젠가 가늠키도 어렵게 떠나간 흔적 같은 것들 모두
어 나를 어지럽힐 때
다시 기울이는 술잔에 천치가 되고 마는 자신을 뭐라
고 불러야 할까
날마다 비어 가는 너르지 않은 마음터에는
낯선 고라니 발자국만 어수선하여
추스르는 몸이 자꾸만 그리로 고인다

해가 뜨고 지는 장단에 자투리 몸의 어딘가가
따라 공명하고
차라리 그렇게 버려두고 진동할
양성자만 한 그리움이었던 내 생애의 소립자가
재갈을 물고 끌려가는 의식이 구차하구나
어디서 바른 양식을 구하나
가도 가도 끈질긴 목마름

낙화

내리는 꽃잎에
노을이 얼룩지네

한때 시름을 눅이던
꽃향도 저리 박해졌네

푸새 같던 날숨의 시간들은
흩는 구름

돛폭이 부풀어
목선 한 척 높다랗게 뜨네

검은 노래가
그녀의 분홍 다 지워 버렸네

간격

은밀한 속내 저들만의 수화
속속곳 깊이 갈무리되어 있을 핑크빛 눈짓
제 키를 다 눕혀도 닿을 수 없는 거리에서
뜨겁게 수정하는 법 묘하구나
삼백 날을 두고도 좁혀지지 않는 두 몸 사이의 간격이
저들에게는 바다가 아니었던가

행자목을 바라보다가 문득
내남의 간격이 어마하게 멀어서
망망한 대해 위를 떠돌던
얼굴도 모르는 낯선 이인칭이라도 불러들여
어금니 사이에 꾹 물어 보려는
나의 쓸쓸한 자위

거 참

살 다 발라 먹은 아보카도
내버리려던 황소 눈알만 한 씨앗을
혹시나 하여 작은 분에 심어 보았다
의심을 비집고 파랗게 싹이 나와
아무러하니 자랑을 하고 다녔는데
며칠 집을 비운 사이에—이것도 죄가 되었다
웬일로
얘가 그만 운명을 달리하고 말았다
화분째로 쓰레기통에 가만히 들여놓고
돌아서는데
씨앗 하나 심는 일도 제가 하면 그렇지 하며
가벼운 입이 기어이 덧투정을 부린다
거 참

'기억'과 '사랑'의 힘으로 구축해 가는 '마음의 현상학'

—노두식의 근작들

'기억'과 '사랑'의 힘으로 구축해 가는 '마음의 현상학'
─노두식의 근작들

유성호(문학평론가, 한양대 국문과 교수)

1

잘 알려져 있듯이, 한 편 한 편의 서정시는 명료하고 일의적인 해석에 머무르지 않으면서 모호하고 다의적인 해석 체계에 놓임으로써 자신의 의미를 풍요롭게 변형해 간다. 말하자면 그 의미는 상품 매뉴얼처럼 조목조목 정연하게 정리되거나 수학 공식처럼 단일한 정답으로 귀일하지 않는다. 비교적 흐름이 안정되어 있고 난해성과는 일정하게 거리를 둔 서정시라 할지라도, 이러한 의미 해석의 원심력은 매우 분명한 속성으로 나타난다. 더구나 최근 우리 시단에서는 낯설고 분량이 많은 언어를 도입하는 시편이 적지 않게 되었고, 이를 통해 미학적 확충을 도모하려는 노력이 빈번하게 나타난다는 점에서, 우리는 서정시의 원심적 속성이 정점에 달하는 시대를 살고 있다 해도 좋을 것이다.

그럼에도 불구하고 많은 서정시는 '기억'과 '사랑'이라는 가장 본원적인 방법과 가치를 지속적으로 준용함으로써 다른 언어 양식과의 차이성을 드러내는 데 집중하고 있다. 이는 그러한 과정이 곧 서정시의 불가피한 존재 증명으로 이어질 수 있다는 믿음 때문일 것이다. 아닌 게 아니라 시인들은 난해성이나 장광설을 반영한 시편보다는, 기억 속에 도사리고 있는 어떤 대상을 재현하면서 그것을 사랑의 에너지로 다독여 가는 시편을 쓰는 데 골몰하고 있다. 그럼으로써 삶에서 늘 따라다니는 존재론적 결핍을 견디고, 지극한 위안과 성찰의 시간을 자신의 삶에 가져오게 되는 것이다.

노두식盧斗植 시인의 다섯 번째 시집 『마침내 그 노래』(문학세계사, 2016)는, 오랜 세월 자신의 내면에 켜켜이 쌓아 온 '기억'과 '사랑'의 힘으로 간절한 '마음'을 노래하는 범례範例로서 우리에게 다가온다. 시인은 스스로 "나의 작업은 앞으로도 진실에의 추구 또는 내면세계의 순화 내지 반성이 될 것"(「시인의 말」)이라고 했거니와, 그만큼 그의 시편에는 진실을 향한 강렬한 고백과 지향 그리고 그것을 위한 반성적 사유가 살갑게 담겨 있다. 그동안 펴낸 『크레파스로 그린 사랑』(1984), 『바리때의 노래』(1986), 『우리의 빈 가지 위에』(1996), 『꿈의 잠』(2013) 등의 시집을 이어 본다면 거기에는 "사랑/노래/비어 있음/꿈"의 키워드가 눈에 띄는데, 그만큼 그는 텅 '빈' 세상에서 '꿈'을 실은 '사랑'의 '노래'를 지금껏 불러 왔다고 할 수 있을 것이다. 그 점에서 이번 시집은 그러한 사랑의 노래가 '마침내 그 노래'로 귀결되는 아름다운 과정을 암시하고 있는 듯 보인다. 이제 우리는 시인의 이러한 진솔한 고백을 따라가면서, '기억'과 '사랑'의 힘으로 구축해 가는 '마음의 현상학'을 흔연하게 만날 것이다. 이제 그 세계 안으로 한 걸음 들어가 보자.

2

서정시는 근원적으로 시인 자신이 살아온 시간의 결을 회상하고 성찰하는 기억 작용을 강하게 활용하는 언어 예술이다. 우리가 서정시의 가장 직접적인 창작 동기를 나르시시즘의 원리에서 찾는 이유도 여기에 있을 것이다. 이처럼 '기억'이라는 서정시의 가장 중요하고도 원초적인 욕망은, 한편으로는 자신의 안쪽으로 몰입하려는 지향으로 나타나기도 하고, 다른 한편으로는 다양한 타자와 사물을 향해 확장해 가려는 외연적 힘으로 번져 가기도 한다. 노두식 시인은 타자와 사물을 향한 외적 관심의 확장보다는, 자신의 삶에 대한 기억을 섬세하게 구성함으로써 그 안에 녹아 있는 시간을 회상하고 재현하는 일종의 내향內向 감각을 주로 보여 준다. 하지만 그에게 '기억'이란, 지나온 시간에 대한 단순한 미화보다는, 자신의 삶에 남아 있는 상처를 추스르고 견디는 쪽에서 발원한다는 점에 오롯한 특색이 있다. 그만큼 시인은 자신의 삶에 만만찮은 무게로 주어졌던 흔적들에 대한 강렬한 기억을 토로하면서, 이번 시집으로 하여금 상처의 흔적들을 치유하려는 '기억'의 욕망을 아름답게 드러내게끔 하고 있다.

앞에서 치대기는 서먹함 때문인지
마음이 갈래가 져서
가던 걸음을 멈춘다

뒤돌아보는 눈에
가득 담기는 텅 빈 길

한때는 그토록 풍요로웠으나
지금은 또 얼마나 가난한가

설움의 풀꽃들 지고
정겹던 환희의 도랑물도
포개진 과거의 갈피 속에 영영 스며 버렸다

서운함만 질펀하게 아스라한
버려진 길 위에서
마디 없는 시간들이 들메끈을 고쳐 매고 있을 때

멀찌막이 장승처럼 서서
뒤돌아보는 일

진눈에 젖은 마음을
마른 마음에 붙들어 매는 이 호젓한 일에도

나이가 넉넉히 들어 버렸다

발치 쪽으로는 한참을 가야 할
길 없는 길들
마음보다 더 가닥이 져 드러나 있는 길들이
허허롭게 무표정하기만 하고

나는 다시 고개를 되돌리지 못한 채
머뭇대며 허정개비마냥
풀 죽고 맥이 없다

—「뒤돌아볼 때」 전문

시인은 어느새 삶을 "뒤돌아볼 때"에 이른 듯하다. 가던 걸음을 문득 멈추고 "뒤돌아보는 눈에/가득 담기는 텅 빈 길"은 어쩌면 살아온 인생의 선연한 축도縮圖가 되고도 남을 것이다. 그렇게 시인은 한때 풍요로웠지만 지금은 가난한 삶을 떠올려 본다. 그리고 삶의 흐름에 함께했던 "설움의 풀꽃들"이나 "환희의 도랑물"도 모두 시간의 갈피 속으로 스며들었음을 발견한다. 이제 모든 것이 사라진 길 위에서 시인은 "마디 없는 시간들이 들메끈을 고쳐 매고 있을 때"를 생각해 본다. 비록 멀찍이 서서 뒤돌아보는 일일 뿐이지만, 이러한 '고쳐 맴'의 시간은 "진눈에 젖은 마음을/마른 마음에 붙들어 매는" 일과 등가에 놓이게 된다. 아직도 한참을 가야 할 "길 없는 길" 위에서 시인은 그렇게 "고개를 되돌리지 못한 채" 머뭇거릴 뿐이다. 이러한 '고쳐 맴/붙들어 맴'의 과정을 동반한 회상을 통해 우리는 노두식 시인이 '시詩'를 통해 자신이 살아온 시간을 성찰하고 그 안에 가장 소중한 의미를 부여해 가고 있음을 알게 된다. "후일/어쩌면 삶에 있어서 완성이란/초심을 돌아보는 절실함이 아닐까"(「모자이크」)라는 애틋한 전언처럼, 이번 시집은 그러한 기억의 방법론에 크게 빚지고 있는 셈이다.

　만만하게 둥글어졌는데도

　구르고 있구나

　그 길 참 멀고도 멀다

　나는 여태 각지게 여물지도 못했느니
　　　　　　　　　　　　　—「몽돌」 전문

　청보랏빛 산하도 꽃빛으로 지워지네

　젊음을 지우고 지우며
　시드는 꽃들이여

　두 강물이 흘러

예까지 오기도 전에

나의 봄이 다 가 버리고 말았네

끝내 못다 지울 내 청춘의 블루

                —「두물머리의 봄」 전문

  이 두 편의 작품은, 비록 스케일은 작지만, 노두식 시인의 시간관觀을 더없이 잘 보여 준다. 멀고 먼 길을 굴러와 만만하게 둥글어졌는데도 여전히 현재 진행형으로 구르고 있는 '몽돌'의 형상은 고스란히 시인의 삶을 환기하고 있다. 몽돌의 생태가 바로 "여태 각지게 여물지도" 못한 시인 자신을 비추어 주는 역상逆像이 되어 준 것이다. 그 안에는 자신에게도 '몽돌'의 오랜 세월이 있었음에도 불구하고 스스로는 원만구족圓滿具足한 삶을 누리지 못하는 자신에 대한 깊은 자성自省이 담겨 있다. 지나온 시간을 기억하고 더욱 열정적으로 살아가야 할 자신을 다잡는 시편이 아닐 수 없다. 그다음 시편에서 시인은 두물머리의 봄날에 "젊음을 지우고 지우며/시드는 꽃들"을 바라보면서, 자신의 봄이 어느새 사라져 버렸음을 애틋하게 노래한다. 두 강물이 흘러 두물머리에 이르기 전에 가 버린 시인의 청춘은 그렇게 "끝내 못다 지울 내 청춘의 블루"였던 셈이다. 여기서는 '청춘'을 '블루靑'와 '봄春'으로 분리하여 젊음을 다한 시간이 역설적으로 충일할 수 있음을 노래하고 있다. 그렇게 시인은 "땀땀이 묵점墨點을 찍어 놓았던 가늘고 얇은 살금들"(「얼굴」)이 지나가고, "떠나보내고 돌아오는 일도/아득한 섬 하나를 돌아 나가는"(「돌아오는 길에」) 시간을 충실하게 받아들이고 있다.

서정시는 원래 '시간'에 대한 남다른 기억의 형식으로 착상되고 씌어진다. 그것이 미래의 전망을 형상화한 것이거나 아니면 시간을 초월하는 시편이라 하더라도, 그것은 그 자체로 시간에 대한 가치 판단일 수밖에 없을 것이다. 그만큼 서정시는 시간에 대한 기억의 재구성이라는 양식적 특성을 일관되게 지니며, 사물의 이치를 순간적으로 포착하고 표현하는 원리를 구현하게 마련이다. 물론 이때 '순간'이란 일회적 시간 개념이 아니라, 과거 현재 미래를 하나로 통합한 '충만한 현재형'으로서의 강렬하고 집중된 시간 형식을 말하는 것이다. 그래서 '시적 순간'은 오랜 경험과 시간이 반복되고 축적된 집중 형식으로서의 순간이 된다. 노두식 시인의 근작近作들은 바로 이러한 서정시의 배타적 속성을 담아냄으로써, 자신의 기억 안에 깃들인 인생과 사물의 근원적 시간(성)을 깊이 사유해 간다. 그 점에서 노두식 시인은 시간 탐색이라는 가장 근원적인 서정의 원리를 실현하는 장인匠人의 면모를 보여 준다 할 것이다.

3

그런가 하면 노두식 시인은, 지난 시집에 이어서 이번 시집에서도 강렬한 '사랑'의 시학을 우리에게 들려준다. 원래 '사랑'이란 인간이 가지는 고유한 욕망의 한 형식이다. 근본적으로 충족이 불가능한 인간 욕망의 성격에 비추어 볼 때, '사랑' 역시 인간의 삶을 얽어매고 있는 소모적 파토스pathos일 뿐이라고 생각되기도 한다. 하지만 노두식 시인은 이러한 사랑의 기억이 자신의 삶에서 재현되기를 갈망하면서, 비록 사랑하는 대상은 떠났지만 다시 그 대상이 상상적으로 함께해 주기를 기다린다. 그럼으로써 사랑의 복합적 속성을 사유하고, 나아가 그것이 인간 내면의 가장 내밀한 정서라는 점을 깊이 있게 보여 준다. 그렇게 시인은 삶의 요람이자 난간이었을 '사랑'의 순간을 회억回憶하면서, 그 '사랑'이 상실감과 회복 의지를 동시에 견지한 불가피하고도 불가능한 삶의 격정임을 암시해 주고 있다.

당신을 향해 돌아서서
파도에 굽은 길을 꼿꼿이 펴고
눈 속에다 깊숙이 소원했던 당신을 심네

당신이 뿌리를 내리면
긴긴 항해는 더 이상 하지 않아도 되리

바다가 순한 손으로 지그시 등을 밀어 주니
노 없이도 그곳에 쉬이 닿겠네
방황의 돛은 이제 후회 없이 접어도 되겠네

그래도 되겠네

―「등대」전문

어둠을 밝히는 데 마음만 한 것이 있으랴

장치를 켜면 어디에나

그림자조차 없는 밝음이 온다

마음을 만드는 데 사랑만 한 게 또 있을까

사랑을 하다가 뼛속까지 감아드는 절절한 철책도

심지를 태울 자양분의 가두리인 것

사랑은

오직 타오르는 것만으로

마음을 켜서

위로 위로 높다랗게 올려놓는다

―「마음을 켜면」전문

'등대'라는 표상을 환하게 활용한 앞 시편은, 사랑하는 '당신'을 향해 돌아서 "파도에 굽은 길"을 펴는 동작을 통해 '당신'을 심어 가는 과정을 지속해 간다. 바로 그 '당신'이 뿌리를 내리면 더 이상 "긴긴 항해"는 필요하지 않을 것이다. 이제 든든한 뿌리를 배경 삼아 바다는 순한 손으로 지그시 등을 밀어 주고, 시인은 "방황의 돛"을 접고는 '당신'을 향해 가 닿을 수 있음에 안도할 것이다. 사랑하는 대상을 삶의 뿌리로 삼아서, '항해'로 상징되는 방황을 그치고, 그 방황의 도구였던 '노/돛'을 버리는 성숙의 과정이 작품 안에 설파되어 있다. 그런가 하면 그다음 시편에서 시인은 '마음'의 현상학을 집중적으로 노래한다. '마음'을 켜면 어둠이 물러나고 "그림자조차 없는 밝음"이 찾아온다. 그 마음을 만드는 것이 다름 아닌 '사랑'이다. 그렇게 '사랑'은 철책도 넘어서는 자양분을 주고, "오직 타오르는 것만으로" 타올라 마음을 환하게 켜 준다. 그러니 이 시편은 사랑하는 마음의 밝음과 활력을 증언하는 사례일 것이다. 이처럼 시인은 두 편의 작품에서 '사랑'의 견고함과 능력을 노래한다. "천지에 가득한 당신"(「튤립 밭에서」)을 뿌리로 심어 가면서, 그리고 마음을 켜서 "기다림도 가슴속에서/얼어붙지 않은 채/핏빛으로 숨 쉬고 있었던 것"(「속앓이」)임을 새삼스럽게 알아 가는 것이다.

그게 그 마음인가

내일이면 보름
달 밝은데
누구의 것인지
피다 만 꽃봉오리에 시든 눈물이 맺혀 있다

나도 한때 피우지 못한 꽃봉오리 하나 들고

144

달빛이 기웃거리는 울 한쪽에 쪼그리고 앉아
하염없었던 적이 있었다

낯선 꽃봉오리에 고루한 마음을 가지런히 하는 것이
먼 지평선 같은 위안 때문인지도 모르겠다만
그게 벌써 언제 적 일이냐

계절도 잊은 지 오래인데 달이 오늘
착하게 밤을 밝히고 있다

내일은 또 보름이라서
옛 꿈에라도 숨이 붙어 있다면
접었던 사랑 펼쳐
어둠 속에 따스운 가슴 가만히 겹쳐 보겠다

아니면 활짝 피어난 것들 흉이나 실컷 보든지
　　　　　　　　　　　　　　　—「달밤」전문

'달밤'이라는 아늑한 배경에서 시인은 역시 '사랑'의 마음
을 불러낸다. 밝은 달 아래서, 미처 피지 못한 꽃봉오리에 맺
힌 "시든 눈물"을 바라본다. 그리고 그 '눈물'을 두고 "그게
그 마음인가" 하고 탄성을 발한다. 아마도 그 '눈물'은 시인
자신이 지나온 사랑의 한 시절을 환기하고 있는 듯하다. 아닌

게 아니라 시인도 "한때 피우지 못한 꽃봉오리 하나"를 든 채 달밤에 하염없이 앉아 있던 적이 있다지 않는가. 이처럼 "먼 지평선 같은 위안"으로 찾아온 '달밤'은 그렇게 시인으로 하여금 "접었던 사랑"을 펼쳐 어둠 속에 따스운 가슴을 겹쳐 보겠다는 다짐을 하게끔 한다. 이미 완료된 사랑이 이렇게 마음의 결을 따라 아스라하게 소생하는 '충만한 현재형'의 순간이다. 비록 시인은 "평생 온 사랑을 하며 산 줄 알았으나/내 사랑의 반은 첫사랑이었네"(「내 사랑의 반은」)라고 토로하고, "양성자만 한 그리움이었던 내 생애의 소립자"(「갈」)를 상상하지만, 그는 여전히 사랑의 사제司祭였던 것이다. 그래서 그는 "어딘가 은근히 닿을 곳을 갈구하는 그리움"(「다리미질」)을 통해 "큰 소리로 서로의 이름을 불러 주는 소리"(「크레바스」)를 듣고 "세상의 제일 먼 곳이 그처럼 가까이"(「그곳」) 있음을 상상해 가는 것이다.

우리가 잘 알듯이, '기억'이라는 운동은 서정시가 구현할 수 있는 시간 예술적 속성을 한껏 충족하는 기능을 떠맡는다. 그리고 인간의 가장 깊고 오래된 '근원'을 유추하게끔 하는 유력한 형질의 역할을 하기도 한다. 그 가운데 특별히 '사랑'의 기억은 서정시가 오랫동안 쌓아 온 핵심 기율이기도 하고, 떠나가 버린 대상을 상상적으로 재현하고 복원하는 일에 심혈을 기울여 온 시인들의 오랜 경험적 방법론이기도 하다. 노두식 시인은 사랑하는 대상을 향한 절실한 기억을 통해 자신을 가능케 한 시간들을 사유하고 표현한다. 그래서 우리는 그의 중요한 적공積功이 이처럼 인간 실존의 근원인 '사랑'의 기억을 통해 이루어진다고 말할 수 있을 것이다.

4

서정시에서 '형식form'이란 개별적인 요소들을 단일한 하나의 전체unity로 조직해 내는 원리를 말한다. 그래서 다양하고 산만한 요소들은 커다란 유기적 전체 안에 적정하게 배치되고 배열됨으로써 하나의 완미한 시적 형식을 구성하게 된다. 사실 하나의 시편을 세밀하게 분석해 보면 그 안에는 여러 요소들(이미지, 서사, 소리 등)이 들어 있는데, 이것들은 모두 각각 그 나름의 형식화 단계를 거쳐 전체 시편을 이루게 된다. 이번 시집에서 노두식 시인은 풍부한 이미지와 선 굵은 내러티브, 그리고 다양한 수사 등 여러 요소들을 적극적으로 시 안으로 끌어들여 완미한 형식화 원리를 우리에게 보여 준다. 이때 가장 우세종으로 활용되고 있는 것은 다양한 이미지군群인데, 그 가운데 우리는 시인 자신의 정신적 표지標識를 함의하는 '꽃'이나 '나무'를 단연 많이 발견하게 된다. 이는 그 형상이 자연의 순리나 정신적 고처高處를 함의하는 데 알맞고, 비근한 곳에서 구체적으로 만날 수 있는 가장 친숙한 것이기 때문일 것이다. 먼저 '꽃'이다. 다음 시편을 읽어 보자.

달맞이꽃 노란 꽃잎이
서서히 벙글다 툭 터집니다

피곤한 저녁을 활짝 피어나게 하는 것은
저 소리 없는 개화의 힘입니다

모두들 살아 있습니다
누군가를 바라보며 알아차립니다
살아 있는 눈에 비치는 것은
꽃 하나의 용기입니다

벼랑 끝에 서서도
서로를 보고 있습니다
달맞이꽃처럼 피어나고
살아 있는 것들이 꽃이 되는 걸
바람 속에서 배웁니다

마음이 내주는 은신처는
넓고 비옥합니다
안다는 것은
사라지지 않는 지천의 꽃으로 피는 것입니다

　　　　　　　　　　　　　　　　　—「꽃 하나가」 전문

　노란 달맞이꽃이 피어나는 "저 소리 없는 개화의 힘"은 아
마도 시인이 생각하는 시가 씌어지는 순간의 은유요, 모든 존
재자들이 살아 있음을 알리는 존재 증명의 장면이 아닐 수 없

다. 그렇게 살아 있는 눈에 비치는 것은 "꽃 하나"의 피어나는 용기다. 어쩌면 벼랑 끝에서도 서로 마주 보고 있을 우리는 그렇게 살아 있는 것들이 꽃이 되어 가는 과정을 깨달아 간다. 그때 "마음이 내주는 은신처"는 넓어지고, 우리는 비로소 "사라지지 않는 지천의 꽃으로 피는 것"임을 알게 된다. 이렇게 '꽃'은 시인에게 존재자의 '거울'이 되어 주는데, "어떤 이를 만나 그 앞에 서면/낯선 자신이 안팎으로 비추어 보일 때"가 있고 그것은 어쩌면 "저 같은 사람의 거울이 되는 일"(「거울」)이라고 노래할 때의 그 '거울' 역할을 하고 있는 것이다. 그러니 이 시편은 "얼굴도 모르는 낯선 이인칭이라도 불러들여"(「간격」) 깊은 호혜적 관계를 형성해 가는 과정에 대한 비유가 되고 있는 것이다.

오늘도 마주 보이는 나무

나무는 가만히 서 있고
마음이 좇는 대로
나무가 보인다

당신도 누군가에게 그렇게 보일 게다
눈은
보이려는 것보다
보려는 것을 더 잘 보니

내가 어떤 이의 나무였을 때 알았다

아무리 나의 자세로 서 있다 해도

다른 이가 보는

내가 따로 있었다는 것을

—「내가 어떤 이의 나무였을 때」전문

마음을 켜는 순간, 시인의 눈에 '나무'가 보인다. 마치 '꽃 하나'가 마음의 은신처를 주듯이, '나무'는 마음이 좇는 대로 의 삶의 순리를 가르쳐 준다. "오늘도 마주 보이는 나무"는 그렇게 가만히 선 채 누군가의 '나무'를 또 불러낸다. 시인은 "내가 어떤 이의 나무였을 때" 다른 이가 바라보는 자신이 따로 있었다는 것을 알아 가는 것이다. 이러한 존재론적 자각의 순간을 통해 시인은 '나무'가 "모두 속으로 갈무리해 놓고/저렇게 서 있기만 하는"(「헛똑똑이」) 것일지도 모르겠다고 깨달아 간다. 그리고 자연스럽게 "산 것들은 살아 있던 것들로 인해/산 것을 밝히고/살아 있던 것들은 산 것들을 이루어 다시 산다"(「잠이 깨어」)라고 노래하면서, "고목의 반질거리는 해묵음"(「두루뭉술」)조차 "부끄럼 없는 화음이 될 투명"(「투명」)으로 전이되어 가는 순간을 잡아낸다.

이처럼 '꽃'과 '나무'를 노래할 때조차 노두식 시의 이미지는 고요하고 정태적인 상태를 지향하지 않는다. 오히려 그의 시편은 내면 경험의 활력을 말의 그것으로 치환해 내는 심미적 격정의 세계를 적극 환기한다. 그리고 다양한 사물과 관념에 고유의 질감을 부여하는 말솜씨와 그것을 언어의 구체성으로 바꾸어 내는 조형 능력을 동시에 보여 준다. 그 점에서 우리는 그의 만만찮은 능력을 통해, 사물과 인간의 상상력이 조우하여 빚어내는 구체적이고 역동적인 이미지로서의 창조물을 만나게 된다. 요컨대 노두식 시의 이미지는 내면의 활력과 사물의 구체성이 만나는 감각의 재생 과정에서 발원하여, 선명한 기억의 밀도를 통해 삶을 조형하는 세계를 담고 있다 할 것이다.

5

노두식 시인의 시정신이 이처럼 자연 사물과의 깊은 교감 속에서 이루어진 것이라면, 그것과 거의 등량等量의 몫으로 이번 시집에 존재하는 것이 바로 일상적 삶에서 발견하는 삶의 지혜일 것이다. 우리가 보기에 무의미한 관성이 모여 이루어진 것처럼 보이는 '일상'은, 그 어떤 제도나 역사보다도 삶의 속성을 징후적으로 더 잘 알게 해 주는 현상이 아닐 수 없다. 특별히 우리가 사는 현대의 일상이란 고도로 조직화된 제도의 힘에 의해 분배되는 시간의 균질성을 중요한 속성으로 삼고 있기 때문에, 한 사회의 욕망과 의지의 표정을 보여 주는 핵심적 지표가 되기도 한다. 이러한 힘에 의해 나타나는 우리 시대 일상의 가장 대표적인 현상이 바로 자기 소외일 것이다. 이는 어떤 존재가 자기 안에 있는 본질적인 것을 바깥으로 이끌어 내서 그것을 타자로 삼아 오히려 자기와 배치되는 것으로 설정하는 것을 말하는데, 어쩌면 우리 사회는 이러한 자기 소외의 정점에 와 있다고도 할 수 있다. 하지만 이는 개인 차원의 도덕적 열정이나 노력에 의해 타개될 수 있는 것이 아니라, 개인의 판단 여부를 뛰어넘는 완강한 구조를 배후로 거느리고 있는 것이다.

따라서 건강한 시적 비전vision이란, 이러한 자기 소외에 대한 원론적 비판에서가 아니라, 가장 구체적이고 개별적인 발견을 통해 항체抗體를 기르는 일에서 찾아진다고 할 수 있다. 노두식 시인의 예지가 그러한 치유의 순간을 향해 나아가고 있는 것은 이번 시집이 이루어 낸 참으로 득의의 세계라 할 것이다.

굴참나무 껍질에는 해묵은 시간 속에서

낯가리고 내달렸을

갈라진 사연이 있었을 것이다

그렇지 않은가

누구라도 감출 수 없는 흔적들을 내보이고 살면서

침묵하다 귀가 먹든지 아니면

짓눌러 놓았던 시푸른 너울을

골 깊은 주름의 틈새로 눈 꼭 감고 흘려보낸 적이 있었을 것

한 그루의 삶이 미추美醜를 거듭할 때

투박해지는 감각들을

잎이 무성하게 어루만져 주고

그 같은 위안이 나이테를 만드는 시각에

새치름히 배어 나오는 속살

속살의 하얀 정체성이 나무의 체온인 것

그 따뜻함 때문에 칼을 이기고

다시 불을 켜는 심지로

모든 생명의 아침이 그렇듯이

　　　　　　　—「속살은 희다」 전문

　이 아름다운 작품은 삶의 공리를 가장 구체적인 감각으로 살려 낸 가편佳篇이다. 다시 '나무'를 통해 시인은 "속살의 하얀 정체성이 나무의 체온"임을 노래한다. 오랜 시간과 사연을 온축하고 있을 나무의 껍질이며 "골 깊은 주름의 틈새"며 나이테 같은 것들은 한결같이 인생의 외관과 내질內質을 두루 포괄하고 상징한다. 나무 한 그루가 "미추美醜"를 거듭하고 감각의 위안이 나이테를 만드는 시각에, 비로소 시인은 나무의 "새치름히 배어 나오는 속살"을 관조하게 된다. "그 따뜻함" 속에서 "다시 불을 켜는 심지로/모든 생명의 아침"을 맞고 있는 것이다. 그렇게 시인은 굴참나무의 생태와 외연을 통해 존재자들이 "제가끔 지녔던 세상의 몫이/침묵으로 묻히는 꿈"(「다만 잠기기 위해」)을 바라보거나 "꽃향을 버무려 은밀히 빚어 놓았던/첫 마음의 음표"(「카카오톡」)를 발견해 간다. 우리가 움츠러들거나 옹색한 삶을 겨우 지켜 나가고 있을 때, 노두식 시편은 이러한 심미적 발견을 통해 우리가 겪는 자기

소의의 상처들을 치유해 가게끔 해 준다. 생성적인 아름다움
을 내장한 시상詩想이 아닐 수 없다.

종일 말을 하고 살다 보면

말이 골짜기를 넘고 구릉을 지나
황량한 늪을 건너가는 모습을 본다
균형추 떨어진 듯 비틀거리며 가다가
고꾸라지는 말들

어쩌다 마냥 듣고만 있으면
산곡이 미어지며 탁한 물이 고이는데
말은 그 속에서 허우적대며 까불다가
어지간히 썩은 채로 기어 나온다

무색 선지宣紙를 골라 차라리
입과 귀를 덮어 놓으며

어디 산수화 같은
소리 없어 정淨한
그런 깨지 않을 꿈같은 마을이 있어
말없이 말 없는 말 알아주는 귀한 이 만날까
행여 온 눈으로 둘러보는 간절

—「간절하다」전문

마지막으로 인용되는 이 시편은 '간절함'이라는 정서를 드러내고 있지만, 그 어느 시편보다도 '시인 노두식'의 성정性情을 잘 알려 주는 실례가 되고 있다. 하루 종일 뱉어 놓은 말들이 골짜기를 넘고 구릉을 지나 늪을 건너 고꾸라지는 모습을 시인은 바라보고 있다. "탁한 물이 고이"고 "그 속에서 허우적대"는 말의 모습을 바라보면서 시인은 "무색 선지宣紙를 골라 차라리/입과 귀를 덮어" 놓고자 한다. 비록 "산수화 같은/소리 없어 정淨한/그런 깨지 않을 꿈같은 마을"을 유토피아처럼 동경하지만, 시인은 그저 "말없이 말 없는 말 알아주는 귀한 이"를 그리워하고 있을 뿐이다. 그렇게 "온 눈으로 둘러보는 간절"이 바로 그의 절절한 소망인 셈이다. 언젠가 노두식 시인은 "울음으로"(「여우비」) 존재할 뿐인 '말'을 깊이 옹호하면서도, 결국 그 '말'로 "담아내고 싶은 것은 따로 있었으나/평생토록 마음처럼 다룰 수"(「두레박」) 없었다고 고백한다. 그렇게 시인은 "기이한 향수에 저려 오는 몸을 눕혀/둥그렇게 부푼 돛배 하나/새로이 희망해 보는"(「불면」) 것이다. 이러한 희망이 바로 자신을 정淨한 세계로 안아들이는 궁극적 힘일 것이다.

　　지금까지 우리가 천천히 읽어 왔듯이, 노두식 시편은 '기억'과 '사랑'을 견고하게 통합하면서, 쓸쓸하고도 아름다운 삶의 형식을 한결같이 아름답게 보여 준다. 삶의 종요로운 경험을 자신의 언어로 남기는 일이 시인에게 부여된 남다른 특권이라면, 노두식 시인은 그러한 예술적 특권을 근원적 '기억'과 '사랑'을 통해 완성함으로써 서정시의 본원적 지향이 어디에 있는지를 암시해 주는 시사적 실례로 남을 것이다. 그 점에서 이렇게 '기억'과 '사랑'의 힘으로 구축해 가는 '마음의 현상학'을 이루어 낸 노두식 시인의 이번 시집은, 시인 개인의 생애에서도 중요한 시적 결절(結節)이 될 것이고, 우리 시단에서 보더라도 서정시의 중요한 차원을 심미적으로 보여 준 수확이 될 것이다.

마침내 그 노래
노두식 시집

초판 1쇄 발행일   2016년 4월 29일

지은이 · 노두식
펴낸이 · 김종해
펴낸곳 · 문학세계사

주소 · 서울시 마포구 신수로 59-1(04087)
대표전화 · 02-702-1800   팩시밀리 · 02-702-0084
이메일 · mail@msp21.co.kr
홈페이지 · www.msp21.co.kr
페이스북 · www.facebook.com/munsebooks
출판등록 · 제21-108호(1979.5.16)

값 8,000원
ISBN 978-89-7075-816-9 03810
ⓒ 노두식, 2016

· 이 도서의 국립중앙도서관 출판예정도서목록(CIP)은 서지정보유통지원시스템
홈페이지(http://seoji.nl.go.kr)와 국가자료공동목록시스템(http://www.nl.go.kr/
kolisnet)에서 이용하실 수 있습니다.(CIP제어번호:CIP2016009722)